Collection "en filigrane"
animée par
Françoise Mateu

Syros-Alternatives
1991
Imprimé en Espagne

Couverture
et adaptation maquette :
Joëlle Leblond

LE GARDIEN DE L'OUBLI

Joan Manuel Gisbert/Alfonso Ruano

Traduit de l'espagnol par Laure Merle d'Aubigné

Ce jour-là n'allait pas être un jour comme les autres.

Gabriel pressait le pas, comme à l'accoutumée, en direction de l'école. Mais ce matin-là, il avait quelque chose de très joli dans son sac, sa toupie chinoise. Elle était en métal, décorée de couleurs vives. En tournant dans l'air, elle lançait des notes joyeuses. Gabriel n'en avait jamais vu de pareille.

« Quand je descendrai dans la cour de récréation, je la prendrai avec moi », pensait-il en arrivant à l'école.

Anne-Lise était penchée à une fenêtre. C'était l'élève la plus mystérieuse de l'école. Elle était arrivée au milieu de l'année et manquait très souvent. Elle ne paraissait pas souffrante mais était très étrange. Elle ne parlait jamais. Et elle portait toujours un petit miroir dans sa main.

Quand Gabriel arriva dans la salle de classe, son cœur battit. La toupie n'était plus dans le sac. « Je l'ai perdue dans la rue », se dit-il, abattu. « Comment ne m'en suis-je pas aperçu ? »

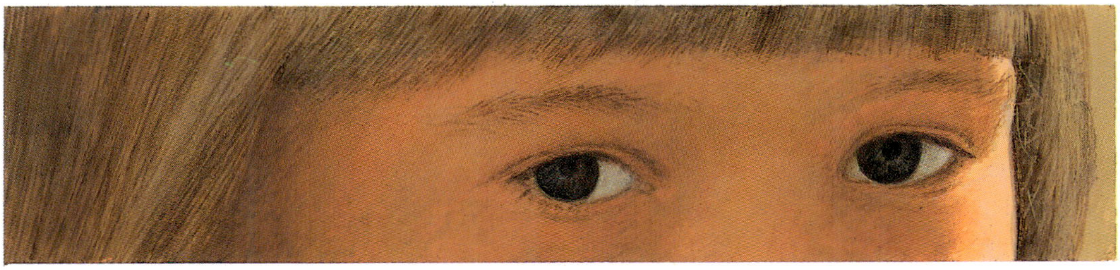

Il brûlait d'envie de sortir en courant pour la chercher. Mais il ne pouvait bouger. La classe allait commencer. Pour la maîtresse, un jouet perdu n'avait pas d'importance.

Pendant la récréation, Gabriel marchait d'un air préoccupé et, alors qu'il ne s'y attendait pas, Anne-Lise s'approcha de lui.

— Tu as perdu quelque chose ?

Le garçon fut très surpris. C'était la première fois qu'Anne-Lise lui adressait la parole. En plus, elle avait deviné ce qu'il lui arrivait.

— Comment le sais-tu ? répondit-il, interloqué.

— C'est... une impression. Tu as l'air de... Qu'as-tu perdu ?

— Ma toupie chinoise, sur le chemin de l'école.

— Tu aimerais la retrouver ? demanda-t-elle en le regardant fixement.

— Bien sûr. Mais quelqu'un a dû la prendre.

— Ça dépend, dit-elle d'un ton mystérieux. À la sortie, on ira la chercher.

— Cela ne servira à rien.

— On verra.

Elle fit demi-tour et s'éloigna.

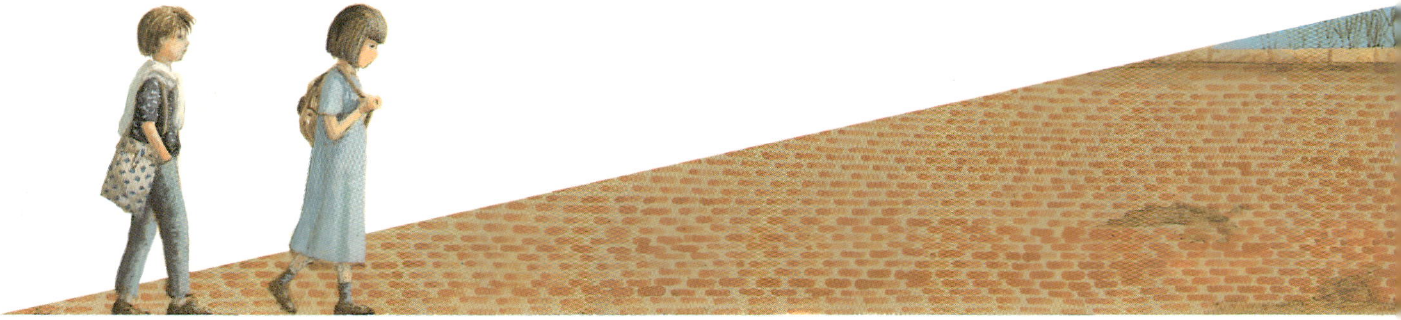

À midi, ils se mirent en route. La petite fille lui dit :

— Viens, nous ne prendrons pas ton chemin, mais un autre.

— Alors, comment veux-tu qu'on retrouve la toupie ?

— Allez, viens !

Après un temps d'hésitation, Gabriel la suivit.

« Elle se moque de moi ? »

Ils marchaient vite, au rythme du pas léger d'Anne-Lise. Bientôt, ils arrivèrent dans un quartier de la ville pour lui inconnu. Alors, Anne-Lise lui montra du doigt une maison au fond d'une petite place solitaire.

— Va demander ta toupie là-bas. Essaie et tu verras.

Devant l'attitude craintive du garçon, elle insista :

— Approche-toi et frappe à la porte.

— Et si jamais ils ouvrent, que vais-je dire ?

— La vérité. Que tu as perdu ta toupie.

— Non, je n'irai pas. Que peuvent-ils bien savoir de ma toupie ? Je ne l'ai pas perdue ici.

— Si tu veux la récupérer, vas-y, continua-t-elle en le suppliant du regard.

Gabriel était presque sûr qu'elle se moquait de lui. Mais, comme la maison avait l'air inhabitée, il pensa qu'il n'avait rien à perdre. Il s'avança vers la porte. Ne voulant pas se montrer peureux, il préférait jouer le dupe.

Pourtant, il n'était pas très rassuré devant la grande porte aux deux heurtoirs en forme de serpents entremêlés.

« Maintenant, je vais frapper, se dit-il, et personne n'ouvrira. Ou bien, pire, il sortira un majordome furieux ou quelqu'un comme ça et Anne-Lise éclatera de rire. » À peine conscient de ce qu'il faisait, il saisit l'un des deux heurtoirs et frappa plusieurs fois.

Les coups résonnèrent dans le silence de la place.

Alors que Gabriel, soulagé, pensait déjà partir, la porte s'ouvrit lentement. Sur le seuil apparut un homme sans âge. Il était habillé d'une manière étrange, bien que élégante. Lorsqu'il vit l'enfant, il lui demanda, avec un sourire sibyllin :

— Pourquoi frappes-tu à cette porte ? As-tu perdu quelque chose ?

Malgré sa surprise, Gabriel trouva le moyen de dire, péniblement :

— Oui, une toupie chinoise.

— Entre donc, répondit l'étrange maître de maison.

À l'intérieur, la maison paraissait plus grande. Plusieurs escaliers montaient et descendaient. L'homme commença à gravir l'un d'eux. Gabriel le suivit. Il se sentait tout petit. Le maître de maison lui inspirait confusément un mélange de peur et de respect. Le garçon inspectait les lieux sans en avoir l'air, avec quelque inquiétude. Il était prêt à prendre ses jambes à son cou à la moindre alerte.

À l'étage supérieur, il y avait une multitude de couloirs, avec beaucoup de portes à deux battants, toutes fermées. L'étrange amphitryon s'arrêta devant l'une d'elles.

— Voici la salle des jouets perdus et oubliés. Entre et cherche !

Et il ouvrit largement la porte avec l'une des nombreuses clés qu'il portait sur son vêtement.

Gabriel écarquilla les yeux, subjugué. Le salon était plein de jouets, soigneusement rangés selon un ordre mystérieux. Certains semblaient être là depuis très longtemps. Mais tous étaient brillants et propres. Quelques-uns avaient l'air de flotter, comme soutenus par des fils invisibles.

Le garçon n'osait rien toucher mais s'approcha, curieux de tout voir de près. Il se sentait comme dans un de ces musées secrets où rares sont ceux qui ont le droit d'entrer.

Soudain, au moment où il ne l'espérait plus, il vit la toupie chinoise. C'était bien la sienne, il n'y avait pas de doute : il la reconnut à son bord légèrement cabossé.

— Tu as de la chance, dit l'homme, chacun ne trouve pas ici ce qu'il a perdu. Tu peux l'emporter. Allons !

178
183
212
236
240
264
269
292
177
133
176
134
175
135
174
136
B A D
H J

R
N

En descendant le grand escalier, Gabriel, satisfait du dénouement de la visite, osa demander :

— Monsieur, est-ce que toutes les pièces sont pleines de jouets ?

— On ne perd pas que des jouets, mais toutes sortes de choses. C'est pourquoi il existe ici la salle des livres, celle des horloges et des montres, celle des instruments de musique et celle des vêtements, et tant et tant d'autres.

Ils arrivèrent à la porte d'entrée. Avant de l'ouvrir, le maître de maison dit très sérieusement à Gabriel :

— Surtout, ne parle à personne de cette visite, ni de ce que tu as vu ici. Si tu le fais, attends-toi à perdre à nouveau la toupie... pour toujours.

Et c'est ainsi qu'il mit fin à la rencontre.

Lorsqu'il revint sur la petite place, le garçon se dit :
« Il doit être bien tard ! Presque l'heure du déjeuner. »
Il chercha Anne-Lise du regard mais ne la trouva pas.

« Peut-être s'est-elle lassée d'attendre ? C'est bizarre ! »

Il se mit tout de même à courir, en serrant la toupie dans sa main, de peur que sa mère ne s'inquiète de son retard.

L'après-midi, Gabriel mourait d'envie de raconter à Anne-Lise ce qui était arrivé dans la grande maison. Comme elle connaissait déjà le secret, elle ne devait pas être concernée par l'interdiction.

Mais la fillette ne vint pas à l'école. Son pupitre resta vide tout l'après-midi, comme d'autres fois. Et Gabriel ne l'avait jamais autant regrettée, car une idée lui trottait dans la tête :

« Maman a perdu la montre de gousset de grand-père, il y a deux ans, lorsque nous avons déménagé... Si seulement cet homme l'avait ! »

Bien qu'il eût toujours un peu peur, il avait envie de revoir la maison, de découvrir d'autres salles, de poser des questions au gardien des clés... Il lui fallait une bonne raison, un prétexte. L'idée de la montre pouvait l'aider.

Après la dernière heure de classe, il se décida ; connaissant le chemin de la maison, il s'y rendrait, sans attendre le retour d'Anne-Lise.

Il sortit de l'école et marcha vite. Il brûlait d'impatience.

Les alentours de la maison étaient plus déserts qu'à midi. Mais il faisait encore clair. Les jours commençaient à allonger.

Quand il toucha les deux serpents entremêlés, il sentit que ses mains tremblaient. Il n'eut pourtant aucune hésitation. Il frappa trois coups sonores, espacés, avec les deux heurtoirs à la fois.

Ensuite, il regretta presque de l'avoir fait. Bien qu'il n'ait pas voulu l'admettre, il avait peur. Il attendait néanmoins de pied ferme, avec calme.

L'homme ne se fit pas attendre. Il ouvrit et, comme s'il s'agissait d'un cérémonial soigneusement établi à l'avance, il demanda simplement :

— As-tu perdu quelque chose ?

— Pas moi, ma mère, répondit l'enfant, un peu embarrassé.

— Quoi ?

— Une vieille montre de gousset qui appartenait à mon grand-père.

— Je sais que tu dis vrai. Tu peux entrer.

L'homme précéda Gabriel au rez-de-chaussée et s'enfonça dans l'un des couloirs, laissant derrière eux, à droite et à gauche, de nombreuses portes fermées ; enfin, juste avant d'arriver au bout du long couloir, le maître de maison ouvrit une porte :

— Voici la salle des horloges et des montres perdues et oubliées. Dis-moi si tu vois la montre égarée par ta mère.

Éclairé par les derniers rayons de lumière de l'après-midi, Gabriel découvrit un monde de pendules arrêtées. Elles indiquaient toutes, impassibles, une heure différente. Certaines n'avaient plus d'aiguilles : elles semblaient plus muettes et plus mortes que les autres.

Dans le salon régnait un grand silence. Le garçon était impressionné. Il se retourna. L'homme, sur le seuil, l'observait.

— Tu ne vois pas la montre que tu cherches ? Elle est devant toi.

Gabriel avança de deux pas jusqu'au mur sur lequel étaient suspendues des montres de gousset.

Il repéra immédiatement, parmi d'autres montres semblables, celle de son grand-père. Il la reconnut tout en pensant, un peu troublé :

« Cet homme savait que c'était celle-là. C'est un magicien ! »

— Tu peux la rendre à ta mère, mais sans lui dire où tu l'as trouvée. Rappelle-toi, tu garderas secret tout ce que tu as vu ici et l'existence même de cette maison, sinon...

— Oui, je sais, s'empressa de dire l'enfant en quittant le salon, la montre pourrait de nouveau se perdre.

— Et pour toujours, ajouta l'étrange homme sur un ton sentencieux.

Alors qu'ils retournaient sur leurs pas, Gabriel, qui avait repris confiance en lui, bien que l'homme l'impressionnât toujours beaucoup, finit par demander :

— Monsieur, comment toutes ces choses arrivent-elles ici ?

Après un long moment de silence, le maître de maison lui répondit de façon ambiguë :

— De beaucoup de manières. Les unes , c'est moi qui les trouve. Les autres sont apportées par ceux qui connaissent le secret de ce lieu. Quant au reste... elles sont là, sans plus.

Le garçon voulait continuer à poser des questions, mais son hôte ouvrit la porte et parla le premier.

— La chance t'a souri deux fois. Tu peux te considérer comme privilégié. Mais ne recommence pas. Tenter ta chance une troisième fois pourrait être très dangereux. Ne l'oublie pas. Ne pense jamais à revenir ici sans un motif important.

De retour sur la place, Gabriel commençait déjà à se faire à l'idée qu'il ne pourrait jamais revenir.

— Maman, maman ! s'exclama Gabriel. Regarde ce que j'ai trouvé !

— La montre de ton grand-père ! Où était-elle ?

— Dans un tiroir de la vieille commode, sous mes cahiers de l'année dernière.

La mère de Gabriel n'en croyait pas ses yeux :

— Mais j'ai cherché cent fois dans ce tiroir, comme dans tous les recoins !

— Moi aussi. Mais elle était bien là.

— Quelle joie ! Et moi qui la croyais perdue.

Gabriel fut rassuré. Le mensonge avait marché. Sa mère ne devinerait jamais la vérité.

Cette nuit-là, Gabriel fit un rêve étrange.

Anne-Lise et lui étaient devant la porte de la maison. Elle n'était pas fermée. Ils se regardaient. Ils frappaient avec les heurtoirs. Plusieurs fois. Très fort. Mais cela ne faisait aucun bruit.

L'homme ne répondait pas. La maison semblait vide. Finalement, ils décidèrent d'entrer. Gabriel pensait :

« Nous pourrons voir toutes les pièces ! »

Ensemble, ils parcouraient les couloirs et les pièces. Mais tous les salons... ÉTAIENT VIDES, COMPLÈTEMENT VIDES, même ceux que Gabriel avait vus remplis de jouets et d'horloges !

Anne-Lise lui faisait comprendre par signes qu'ils devaient se séparer et chercher chacun de son côté. Gabriel essayait de s'y opposer mais elle s'éloignait de plus en plus. Tout était silence, on n'entendait ni leurs pas, ni leur respiration. Seul, il continuait à chercher. Mais il ne trouvait que des salles vides. Il se sentait perdu. Il criait le nom d'Anne-Lise et sa voix ne sortait pas. La solitude et le silence de la maison l'accablaient.

La nuit commençait à tomber. La peur l'envahissait peu à peu. Il n'y avait ni lampes ni ampoules. La pénombre augmentait.

À bout de forces, il sortait sur la place, cherchait Anne-Lise.

Elle n'y était pas.

Il se réveilla en sursaut et s'assit dans son lit. Il prononça quelques mots à voix basse et constata que sa voix était audible. Il resta un moment dans la même position, pensif.

Quand il se rendormit, il ne fit plus de rêve.

Les jours suivants, Anne-Lise n'avait toujours pas réapparu à l'école. Gabriel commençait à se faire du souci lorsqu'un matin, dans la bibliothèque, il trouva le petit miroir qu'il avait si souvent vu dans les mains de la fillette. Il était au fond d'une étagère, dissimulé derrière les livres fantastiques préférés de Gabriel.

« Sait-elle qu'elle l'a oublié ici ? se demanda-t-il. Elle doit le chercher partout. Elle ne s'en séparait jamais. Que lui est-il arrivé ? »

L'inquiétude l'amena à demander des nouvelles d'Anne-Lise à un professeur.

— Nous ne savons rien de précis, lui répondit-elle. Il se peut qu'elle ne revienne pas. Je crois qu'elle était seulement de passage dans la ville. Peut-être est-elle partie. Pourquoi t'intéresses-tu à elle ?

— Pour rien, reprit Gabriel en refermant la main sur le miroir qu'il cachait dans sa poche. Par curiosité.

Cette information le chagrinait.

« Si elle est partie... » pensait-il.

Mais, tout d'un coup, il eut un dernier espoir.

« Avant de s'en aller, elle ira sûrement chercher le miroir perdu dans la maison. Je l'apporterai aujourd'hui même. »

L'après-midi se fit interminable. Il était incapable de lire. Il ne pensait qu'à une chose : arriver à temps à la grande maison des choses oubliées.

Il sortit de l'école et courut à travers les rues, le petit miroir dans la main. Il savait qu'il ne franchirait pas le seuil de la maison et cela le tranquillisait. Il suffirait qu'il remette le petit miroir à l'homme étrange au cas où Anne-Lise viendrait le chercher.

En effet, depuis son rêve, la maison le terrorisait. Malgré sa fascination et sa curiosité, cela ne lui disait plus rien d'y entrer. Toutefois, il n'hésita pas à frapper avec les heurtoirs. Une minute de plus et tout serait terminé.

Pourtant le maître de maison se faisait attendre. Gabriel insista.

« Et si jamais il n'était pas là, comme dans mon rêve ! » se dit-il.

Après un bon moment, la porte s'ouvrit. L'homme n'avait pas l'air surpris de le voir, mais son visage avait une drôle d'expression lorsqu'il demanda :

— As-tu oublié mes recommandations ? Que veux-tu retrouver maintenant ?

— Rien, je...

— Rien ? l'interrompit-il. Tu en es sûr ? Tous ceux qui viennent ici cherchent quelque chose, même s'ils le nient.

— Moi, non, s'empressa de répondre Gabriel. Je vous apporte ce miroir. Une amie, Anne-Lise, l'a perdu. Elle viendra sûrement le chercher.

— Pourquoi crois-tu qu'elle viendra ?

— Elle... connaît cet endroit.

— Dans ce cas, tu le placeras toi-même dans la salle des miroirs et des armoires. Suis-moi.

Gabriel ne put refuser d'entrer, même s'il s'était promis de partir tout de suite. Ils montèrent ensemble au deuxième étage, par l'escalier central. La lumière décroissante du soir entrait par les claires-voies et les fenêtres. Le garçon essayait de se convaincre qu'il n'y avait pas de crainte à avoir.

L'homme ouvrit l'une des portes.

— Entre et mets le miroir de ton amie à l'endroit de ton choix. Mais, avant de décider, réfléchis bien. Ce que tu vas faire est très délicat. Je te laisserai seul quelques instants pour que tu puisses mieux te concentrer.

Cette pièce était encore plus fascinante. Gabriel était à peine entré que le maître de maison ferma la porte derrière lui. Le garçon ne s'en aperçut même pas.

Il contemplait, stupéfait, ces miroirs de toutes parts. Ainsi que les armoires, avec des glaces incorporées. C'était comme un océan d'eau de cristal. Gabriel avait l'impression d'être dans plusieurs endroits en même temps, dans un espace qui était à la fois plusieurs espaces. Et, dans certains miroirs, se trouvaient des images mystérieuses.

Le silence était dense, enveloppant, hospitalier. Seul l'écho étouffé de ses pas l'entravait. Il semblait que quelque chose allait arriver, quelque chose d'incroyable et d'inespéré...

Et c'est là qu'il la vit.

Anne-Lise était dans l'un des miroirs, calme, et le regardait, mêlée aux reflets du verre cristal.

Gabriel, fasciné, s'approcha peu à peu du miroir. Lentement, comme si un simple geste pouvait rompre le charme. Et quand il fut déjà très près, Anne-Lise disparut.

Mais, tout de suite, elle reprit forme dans le miroir d'à côté. Quand Gabriel voulut s'en approcher, elle s'évanouit à nouveau et apparut dans un autre miroir plus éloigné.

Et la même chose se répéta plusieurs fois. Anne-Lise allait de miroir en miroir sans traverser l'espace.

Gabriel n'en croyait pas ses yeux. Sa crainte fit de nouveau la place à la peur. Il se disait :

« Cet homme l'a ensorcelée. Elle est emprisonnée dans les miroirs ! »

Emporté par la panique, il voulut s'enfuir en courant de la pièce. Mais la porte était solidement verrouillée. Et le salon n'avait pas de fenêtres ! La lumière entrait par les miroirs et par les dalles du sol.

Alors, le garçon se trouva au comble de la stupeur. Il voyait le visage d'Anne-Lise de toutes parts. Elle était dans plusieurs miroirs à la fois et le regardait. Mais elle ne semblait pas effrayée.

Son expression sereine le rassura quelque peu.

Un peu calmé, il s'approcha tout doucement d'une armoire à glace, dans laquelle il la vit entièrement.

C'était presque... la véritable Anne-Lise.

Elle l'appelait en silence.

Encore indécis, Gabriel tira la porte de l'armoire. En voyant qu'elle résistait, il tira une deuxième fois puis une troisième avec plus de force. Enfin, presque d'un coup la porte s'ouvrit.

Anne-Lise n'était déjà plus dans le miroir, mais à l'intérieur du meuble, à une certaine distance. L'armoire était profonde, comme la boîte sans fond d'un magicien.

Sans même réfléchir, Gabriel y entra.

— Où vas-tu ? Attends ! Je t'ai apporté le miroir, dit-il, et, se souvenant de l'homme aux clés, il ajouta : Il t'a enfermée ici, n'est-ce-pas ?

— Non. Il me protégeait, comme tout ce qu'il y a dans la maison, dit Anne-Lise, laissant Gabriel le rejoindre dans l'obscurité. Il dit qu'il est... le gardien de l'oubli. Il m'a recueillie il y a longtemps et m'a sauvée.

— Tu as vécu ici tout ce temps ?

— Les derniers mois, oui.

— Et avant ?

— Partout où il est passé. Il m'a dit que je pouvais rester avec lui jusqu'à ce que quelqu'un vienne me chercher. Et cela s'est accompli : tu es venu.

— Dans un rêve, je t'ai perdue et maintenant je te retrouve.

Ensemble, ils avancèrent dans une sorte de tunnel obscur qui descendait.

— As-tu laissé le miroir à la bibliothèque pour que je le voie ? demanda le garçon.

— Oui. Comme tu lisais les livres de cette étagère...

Elle le guida dans l'obscurité jusqu'à ce qu'ils atteignent un puits. Ils gravirent les marches métalliques. Peu de temps après, ils se trouvèrent dehors, sur la place.

— Allons-nous-en, dit Anne-Lise, après avoir jeté un dernier regard à l'édifice. Nous ne devons plus le déranger. Il faut qu'il prépare tout pour partir.

— Il s'en va ? demanda Gabriel, étonné.

— Maintenant, il peut. Il attendait à cause de moi, il fallait que quelqu'un m'emmène. Jamais je ne l'oublierai.

Gabriel resta un moment à regarder l'une des fenêtres fermées de la maison. Sans parvenir à le voir réellement, il lui sembla que le gardien de l'oubli les observait à travers les persiennes.

Et il crut deviner dans son visage un sourire illuminé.